ARRASTRADA POR LA TORMENTA

Un relato de la saga Krinar

ANNA ZAIRES

♠ Mozaika Publications ♠

Copyright © 2019 Anna Zaires y Dima Zales
www.annazaires.com

Publicado por Mozaika Publications, una marca de Mozaika LLC.
www.mozaikallc.com

Traducción de Isabel Peralta

Portada de Najla Qamber Designs
www.najlaqamberdesigns.com

e-ISBN: 978-1-63142-457-1
ISBN de la edición impresa: 978-1-63142-458-8

CAPÍTULO UNO

CON EL CORAZÓN LATIÉNDOLE CON FUERZA, DELIA observó cómo el dios desnudo emergía del mar. Las gotas de agua brillaban sobre su piel bronceada, y sus poderosos músculos se flexionaban mientras él salía de entre las olas, inmune al tempestuoso oleaje que rompía con fuerza contra la orilla. Era como si la tormenta no significara nada para él, como si el mar mismo fuera parte de sus dominios.

¿Era Poseidón? Delia nunca había creído que los dioses fuesen de carne y hueso, como en las historias, pero sabía que aquel desconocido no podía ser un hombre mortal. La tormenta estaba en su apogeo, el viento aullaba en el exterior de su refugio rocoso, pero ni las olas más fuertes parecían ser capaces de desviarle de su camino. Él ignoró el golpear del mortífero oleaje, caminó hasta la franja seca de la playa justo debajo de donde ella se encontraba en el acantilado, y se detuvo, levantando la mano para apartarse los negros cabellos que el agua le había pegado a la frente.

Al hacerlo, inclinó la cabeza hacia atrás y Delia pudo ver su rostro. Se le cortó la respiración y cualquier duda que pudiera haber albergado acerca de sus orígenes se esfumó.

El extraño era atractivo de una forma sobrehumana. Incluso con los nubarrones que oscurecían el cielo de la mañana, ella fue capaz apreciar la perfecta simetría de sus rasgos. Su mandíbula era fuerte, sus labios sensualmente curvados y sus pómulos altos y nobles. Parecía como si la mano firme de un artista hubiera esculpido su rostro, sin dejar margen alguno para que la naturaleza agregara sus propias imperfecciones.

Con sus penetrantes ojos oscuros, cejas rectas y negras, y el cuerpo ancho de espaldas de un guerrero, el desconocido hacía que los hombres más guapos de la aldea de Delia parecieran unos leprosos.

El chasquido de un trueno la sobresaltó y ella dio un respingo en su pequeña y estrecha cueva. El hombre de fuera, sin embargo, permaneció impasible, y se volvió a mirar el océano embravecido con lo que parecía ser más interés que preocupación. Delia siguió su mirada y vio algo plateado brillando en el agua.

¿Un barco? ¿Varios barcos, tal vez? El objeto era ciertamente lo suficientemente grande para serlo, tal vez incluso demasiado grande, dado lo visible que era desde tan lejos. ¿Era de allí de donde había venido el divino hombre? ¿De ese objeto misterioso y plateado?

El trueno volvió a retumbar y, con un relámpago, los cielos se abrieron, y empezó a diluviar con salvaje intensidad. Delia se metió aún más hacia adentro en su estrecha cueva, pero la oquedad era demasiado pequeña para protegerla por completo, y las frías gotas le mojaron la piel. Por debajo de ella, el mar estaba cada vez más embravecido, las olas crecían más y más a cada momento, y ella contuvo el impulso de gritarle al extraño, de advertirle que trepara a algún sitio más alto. Podía ver la marejada elevándose en la distancia; cuando alcanzasen la orilla, las olas iban a ser más altas que dos hombres, y la estrecha franja de tierra donde estaba el desconocido quedaría completamente engullida por el mar.

Ella se dio cuenta de repente, con creciente temor, de que la diminuta cueva en lo alto del acantilado en la que estaba refugiada podría no ser tampoco un sitio seguro. Cuando se había resguardado allí una hora antes, no había contado con que la tormenta se volviese tan violenta. Si las olas que se acercaban a la orilla resultaban ser tan altas como ella se temía, podrían alcanzar la cima del acantilado. Ella nunca había visto al mar subir tanto, pero los viejos pescadores contaban historias así sobre las marejadas, y ella no podía arriesgarse a que fuesen verdad.

Tomando una decisión, Delia salió de la cueva y se desplazó hasta la cornisa rocosa de debajo. Al instante, la lluvia empapó su vestido y una ráfaga de viento casi la tira de allí.

Jadeando, logró darse la vuelta. Intentando

protegerse del temporal, comenzó a escalar, decidida a alejarse de la furia del mar. Sabía que el extraño estaba en alguna parte, por debajo de ella, pero no se atrevía a mirar hacia abajo. La lluvia la golpeaba con fuerza cegadora. No podía distinguir lo que había a un brazo de distancia ni con la luz de los relámpagos que destellaban a cada pocos segundos, y sus pies descalzos se resbalaban sin cesar en las rocas húmedas. El vestido se le enroscaba en las piernas mientras ella subía con una desesperación cada vez mayor.

Solo un poquito más, se dijo a sí misma. Estirar el brazo otra vez, un impulso más, y ya estaría en la cima, en suelo firme. Con los rayos cayendo por todas partes, eso distaba de ser un sitio seguro (Delia se había escondido en la cueva por algo). Pero en ese momento suponía un riesgo menor que el de ahogarse. Bizqueando para ver a través de la lluvia, alcanzó el saliente de encima, pero en vez de tocar la roca dura, sus dedos se encontraron con algo cálido, algo que se enroscó en torno a su mano con una fuerza increíble.

La mano de un hombre.

Exhalando una exclamación, Delia abrió más los ojos, y a través de la lluvia que lo hacía todo borroso, vio al forastero de la playa mirándola desde arriba.

El dios había conseguido de algún modo subir por el acantilado y estaba sujetándola por la mano.

CAPÍTULO DOS

La chica humana parecía tan sorprendida de ver a Arus cerniéndose sobre ella que se quedó paralizada e interrumpió un momento su escalada. Debajo de ella, una ola gigante se estrelló contra el acantilado, rociándolos a los dos con agua salada. Detrás venía una ola todavía mayor, así que Arus se inclinó más y agarró el otro brazo de la joven con su mano libre.

—El agua va a llegar hasta aquí —le explicó en su idioma, incorporándose y aupándola al mismo tiempo. La ola todavía no había llegado a romper, así que cogió a la chica en brazos y dio un salto hacia atrás de unos diez metros, sosteniéndola firmemente contra su pecho. Un segundo después, la ola rompió contra la cima del acantilado y la sobrepasó. El agua se arremolinó alrededor de sus tobillos antes de retroceder de vuelta al mar. Si la chica hubiera estado aun colgando del acantilado, la habría arrastrado, y posiblemente ella se habría ahogado. Arus no estaba seguro de eso último, pero por lo que había visto de los de su especie, era algo altamente probable.

Por similar que fuera su apariencia a la de los krinar, los humanos eran débiles y torpes, incapaces de hacer frente a los desafíos más básicos de su planeta.

La chica empezó a removerse, y Arus se dio cuenta de que seguía sujetándola contra su pecho. Aflojó los brazos un poco, lo suficiente para asegurarse de que ella pudiese respirar, pero no la bajó al suelo. En vez de eso, la estudió, fijándose en sus grandes ojos castaños y su complexión aceitunada y tersa. Ella era joven; supuso que rondaría el final de la adolescencia o el principio de la veintena. Con su cabello oscuro y abundante y su constitución delgada, casi podía pasar por una hembra krinar, excepto porque sus rasgos eran demasiado irregulares como para haber sido diseñados en un laboratorio. Su cara tenía forma de corazón, su frente era un poquito demasiado ancha y su boca demasiado delicada para considerarla una auténtica belleza. Aun así, ella era bonita de una manera única.

Lo bastante bonita como para que su polla se agitara, ajena al agua fría que caía desde el cielo.

Como si hubiera notado la dirección que habían tomado sus pensamientos, la chica redobló sus esfuerzos por soltarse.

—Por favor, déjame ir —dijo. Había un tono de miedo en su voz y sus pequeñas manos empujaron contra su pecho con las palmas resbalando por su húmeda piel.

Para su estupefacción, Arus sintió que ese contacto

hacía que el calor descendiera por su espalda y que su respiración se acelerara.

Se estaba excitando por una chica humana mojada y asustada.

Antes de poder decidir qué hacer al respecto, vio cómo otra ola se alzaba sobre el acantilado. Lo peor de la tormenta estaba aún por llegar, lo que significaba que su prioridad principal era poner a salvo a la joven humana.

—Tenemos que alejarnos de esta playa —le dijo, dándole la espalda al mar. Ella continuaba resistiéndose, pero él la ignoró, y siguió sujetándola con fuerza mientras se dirigía hacia las distantes colinas. Sabía que había un pueblo hacia el oeste, probablemente el de la joven, así que se dirigió hacia el este, donde era menos probable que se topara con más humanos.

Se suponía que debía observar a los residentes de la Tierra, no interactuar con ellos.

Aun así, Arus no lamentaba haber salvado a la muchacha. Cuanto más lo pensaba, más convencido estaba de que, de no ser así, ella se habría ahogado. Y eso hubiese sido una lástima, porque era agradable sostenerla.

Tan agradable, de hecho, que no pudo evitar imaginarse cómo sería sujetarla debajo de él, con la polla hendida en su carne cálida y resbaladiza.

—¿Adónde me llevas? —Ahora la chica sonaba asustada—. Por favor, tengo que irme a casa.

—No te preocupes. No voy a hacerte daño. —Arus

miró hacia abajo, hacia su prisionera. Su pulso rápido era visible en la base de su garganta, y él se excitó más al imaginarse el sabor a cobre de su sangre en su lengua. Había probado a beber sangre humana una vez antes, y la experiencia había resultado sublime. Tenía la sensación de que con esta joven iba a ser aún mejor.

Parecía que su decisión ya estaba tomada.

—¿Adónde me llevas? —preguntó la muchacha de nuevo, con voz temblorosa. Las palabras tranquilizadoras de Arus no parecían haber tenido efecto alguno en ella.

—Te estoy llevando a un lugar donde estarás calentita y segura. —Seguramente ella agradecería eso. Él podía sentirla temblar; el áspero andrajo que hacía servir como vestido estaba empapado y eso tenía que estar haciéndola sentirse helada—. No deberías andar por ahí con esta tormenta —añadió cuando un retorcido relámpago atravesó el cielo por tercera vez en pocos segundos.

—Estaré bien si me dejas ir. —Empujando otra vez contra su pecho, la chica intentó retorcerse y escaparse de su sujeción—. Por favor, déjame bajar.

Arus suspiró y aceleró el paso, haciendo caso omiso a su fútil resistencia. Cuando consiguiera que estuviera seca y caliente, ya se preocuparía de tranquilizarla.

No quería que estuviera asustada cuando la metiera en su cama.

CAPÍTULO TRES

Delia no había estado tan asustada en su vida. El dios, y ahora estaba segura de que él era un dios, la llevaba en brazos sin mostrar ninguna señal de cansancio, con unos brazos como tiras de hierro que le rodeaban la espalda y las rodillas. Ni la lluvia ni el viento parecían frenarlo; mientras la abrazaba contra su pecho, caminaba más rápido de lo que un hombre mortal podría correr.

—Por favor, suéltame —suplicó de nuevo, empujando contra su amplio pecho. Era inútil, como tratar de mover una montaña—. Por favor, sacrificaré una cabra en tu honor si me dejas ir.

Eso pareció captar su atención.

—¿Una cabra? —Él bajó la vista hacia ella mientras seguía caminando—. ¿Para qué iba yo a querer eso?

A Delia se le cortó un momento la respiración por la intensidad de su mirada.

—¿Porque eres un dios? —A pesar de su certeza, sus

palabras se convirtieron en una pregunta, y ella se reprendió en silencio por sonar como una tonta—. Quiero decir, porque eres un dios y mereces ser respetado —dijo en un tono más firme.

Eso, así estaba mejor. Él seguramente aceptaría una cabra. Su familia no podría permitirse mucho más: incluso una cabra menos les dejaría sin queso suficiente para vender.

Para su sorpresa, el desconocido se echó a reír, con un sonido profundo y de auténtico regocijo.

—¿Un dios? —Sus ojos oscuros centellearon cuando otro relámpago partió el cielo en dos sobre sus cabezas —. ¿Crees que soy un dios?

Delia pestañeó para quitarse la lluvia de los párpados.

—¿Me estás diciendo que no?

Él rio de nuevo; el sonido se confundió con el retumbar de un trueno, y ella notó cómo aceleraba el paso y se echaba a correr. Se movían tan rápido que el suelo parecía un borrón bajo sus pies. Delia comenzó a sentir náuseas pero no se atrevía a cerrar los ojos.

Tenía que ver a dónde la estaba llevando.

Después de unos minutos, se dio cuenta de que se dirigía a las colinas al este de su pueblo. Allí había un bosque. ¿Tal vez esperaba encontrar refugio bajo de los árboles? Ella sabía que los árboles eran peligrosos durante las tormentas eléctricas, pero tal vez no lo fueran para él.

Tal vez era tan inmune a la furia de Zeus como a las olas del mar.

¿Qué pretendía hacer con ella? A Delia se le revolvió el estómago, y fue consciente de que eso se debía tanto a su ansiedad como a la velocidad de su captor. El dios le había dicho que ella iba a estar caliente y a salvo, pero la estaba llevando lejos de su aldea... lejos de su familia y de las personas que podían ayudarla. Las hermanas de Delia ya debían de estar preocupadas. Eugenia, la mayor, había notado el cielo oscuro esta mañana y le había dicho que no fuera a buscar mejillones, pero Delia estaba decidida a recolectar comida extra para la cena de esa noche. Con cinco hijas que alimentar, su familia siempre andaba justa, y Delia trataba de ayudar tanto como podía.

Bueno, tanto como podía sin casarse con el herrero, que había comenzado a cortejarla después de la muerte de su esposa el mes pasado.

—Deberías aceptar a Phanias —le había dicho a Delia su madre hacía dos semanas—. Sé que no te gusta el hombre, pero es un buen sostén para la familia.

También era viejo, gordo, y había maltratado a su anterior esposa, pero Delia no se había molestado en señalarlo. A su madre no le importaban tales minucias. Su única preocupación era tener suficiente comida en la mesa, y creía que Delia, la más bonita de sus hijas adultas, era la clave para lograr ese objetivo. Delia había estado tratando de retrasar lo inevitable, pero sabía que era solo cuestión de tiempo antes de que su padre cediera a las exigencias de su madre e hiciera que Delia aceptara la oferta de Phanias.

—Ya hemos llegado —dijo el dios, sobresaltándola,

y Delia vio que ya estaban en el bosque. Él se detuvo bajo un grueso árbol y la puso en el suelo sobre sus pies —. Ya deberíamos de estar lo bastante lejos de la tormenta.

Él todavía la estaba sujetando, con sus grandes manos rodeándole la cintura, y la respiración de Delia se volvió desigual cuando levantó la cabeza y se encontró con su oscura mirada. Era una de las mujeres más altas de su pueblo, pero el desconocido era mucho más alto. Estando los dos de pie, su cabeza apenas le llegaba a él a la barbilla, y su cuerpo desnudo estaba tremendamente musculado.

Para su sorpresa, Delia se dio cuenta de que el miedo no era la única emoción que ella estaba sintiendo. En lo más profundo de su ser había una sensación de que algo se fundía, una acumulación de calor que hacía que le aumentaran las pulsaciones y que su vientre se llenara de un ansia extraña.

—¿Por qué me has traído hasta aquí? —Ella trató de mantener la voz firme mientras volvía a empujar su pecho. Notó su carne dura bajo sus dedos, su piel suave y cálida al tacto. A pesar de tener el vestido empapado, pudo notar el calor de sus palmas allí donde la agarraba, y el ansia desconocida de su interior se hizo más intensa—. ¿Qué quieres de mí?

Para su alivio, el dios la soltó y dio un paso hacia atrás.

—Ahora mismo, quiero que ambos estemos secos y calientes. —Su voz sonaba tensa, como si algo le doliera. Antes de que Delia pudiera preguntarse sobre eso, posó la mirada en la parte inferior de su cuerpo, y su respiración se interrumpió durante un brevísimo instante a causa de la sorpresa.

El extraño estaba completamente excitado, con una erección dura y enorme que se alzaba curvándose hacia su estómago plano y fibroso.

Delia soltó una exclamación y retrocedió, pero él ya se estaba dando la vuelta. Extendiendo un poderoso brazo frente a él, dijo algo en un idioma extranjero, y ella vio que llevaba una banda plateada alrededor de la muñeca. Abrió la boca para preguntarle qué era, pero antes de que pudiese pronunciar una palabra, escuchó un zumbido grave, casi como el rápido revoloteo de mil diminutos insectos.

Sorprendida, Delia miró hacia el árbol, pero el zumbido no venía de allí. El sonido brotaba de algún punto delante del extraño.

—No tengas miedo —dijo él, volviéndose hacia ella, y sus ojos se agrandaron al ver que el aire detrás de él comenzaba a brillar. El brillo se intensificó, aumentando a cada segundo, y luego vio una burbuja transparente alzándose por detrás de él: una estructura que parecía el sombrero de una seta hecha de agua.

—Es una herramienta que tengo, no es magia —dijo observándola, pero Delia sabía que tenía que estar mintiendo. Empezaron a temblarle las rodillas y retrocedió de manera instintiva, temiendo que la burbuja se la tragara al hacerse más grande. La húmeda corteza del árbol presionó contra su espalda, deteniéndola, y ella se giró para echarse a correr, decidida a alejarse de ese dios con poderes tan aterradores.

Antes de que pudiera dar más de dos pasos, unos dedos de acero se cerraron alrededor de su brazo, y la obligaron a volverse.

—No tengas miedo —repitió, abrazándola, y ella vio que la burbuja detrás de él ya no se movía. Ahora era más alta que él y lo suficientemente amplia para que cupieran cinco personas dentro.

—¿Q-qué es eso? —Le castañeteaban los dientes, y no tenía ni idea de si era por el shock o por el frío de la lluvia y el viento—. ¿Co-cómo has...?

—Shh, todo va bien. Vamos adentro y haremos que entres en calor. —Envolviendo sus hombros con un brazo musculoso, la acercó a su costado y la guio hacia la estructura mágica—. No te hará daño.

Delia intentó resistirse clavando los talones en el suelo, pero fue inútil. Ella era tan incapaz de librarse de su fuerza como de luchar contra la resaca del mar. Un momento después, estaban frente a la pared de agua... una parte de la cual se desintegró a medida que se acercaban, creando una abertura considerable.

Delia se quedó helada de puro terror, pero él ya la estaba guiando a través de la abertura. En cuanto entraron, se dio cuenta de que ya no se sentían ni la lluvia ni el viento.

Les protegía la burbuja que había creado el dios.

CAPÍTULO CUATRO

La joven humana temblaba tanto que Arus creyó que iba a desmayarse. Odiaba aterrorizarla así, pero no sabía ninguna otra forma de sacarla de la tormenta rápidamente. Notaba su piel helada mientras la sostenía contra él, y no tenía duda alguna de que la pobrecita estaba aterida.

Aterida, y asustada por una tecnología que era incapaz de comprender.

Sujetándola con menos fuerza, Arus la dejó liberarse retorciéndose de su abrazo. Probablemente era de poca ayuda el hecho de que estuviera desnudo y empalmado, pensó con ironía. Antes, había escuchado cómo ella sofocaba una exclamación al posar sus ojos en su erección, y no le cabía duda de que lo evidente de su deseo solo sumaba a su nerviosismo. Tenía que tranquilizarla, pero primero, necesitaba asegurarse de que su salud no se resintiera por esta tormenta.

Tenía el ordenador en la muñeca derecha, así que Arus levantó el brazo y ordenó:

—Ajusta la temperatura al nivel óptimo para un humano.

Habló en krinar, y pudo ver cómo la chica empalidecía mientras las nanomáquinas se ponían a la tarea de nuevo, acelerando las moléculas de aire de su alrededor para generar calor. Deseaba poder explicarle acerca de la tecnología de campos de fuerza y las microondas, pero su gente sabía tan poco de ciencia que le llevaría meses solo enseñarle lo más básico.

—No voy a hacerte daño —repitió en vez de eso, en el idioma de ella. Ella no pareció tranquilizarse en absoluto, y le miró con unos ojos muy abiertos e inundados por el pánico; él se dio cuenta de que no había nada que pudiera hacer para serenarla.

Tendría que encontrar otra manera de reconfortarla.

Arus se acercó a la chica, la cogió y se sentó en el suelo, poniéndola en su regazo. Ella se quedó rígida de inmediato y sus manos lo empujaron de nuevo, pero él mantuvo su agarre suave y no amenazador, esperando que ella se calmara cuando viera que él no quería hacerle daño.

—Todo va bien. No tienes nada que temer —le dijo en tono sosegado, acariciándole el pelo mientras ella intentaba escurrirse y soltarse. La sensación de su culo moviéndose en su regazo le estaba excitando más, lo cual no era de gran ayuda. Por suerte, después de unos minutos, ella pareció agotarse y reducir su nivel de resistencia, lo cual le permitió reclinarla contra él en una postura más cómoda.

—Soy Arus —le dijo cuando se quedó completamente quieta y lo miró fijamente, con el pecho agitado por su respiración acelerada—. ¿Cómo te llamas tú?

—¿Ares? —Ella se tensó, y sus ojos se agrandaron de nuevo—. ¿Tú eres el dios de la guerra?

—No. A-rus, no A-res. —Él repitió su nombre más despacio, permitiéndole escuchar la diferencia—. No soy el dios de la guerra, te lo prometo.

Ella tragó saliva, haciendo que se moviera su esbelta garganta.

—¿Qué clase de dios eres, entonces?

—No soy ningún dios —dijo Arus con paciencia—. Sólo soy un visitante venido desde muy lejos. Donde vivo, todos pueden hacer lo que hago yo.

Ella se lo quedó mirando, y Arus vio que no le creía. En vez de malgastar sus energías intentando convencerla, volvió a preguntar:

—¿Cómo te llamas?

La chica se humedeció los labios con un gesto nervioso.

—Soy Delia.

—Delia. Bien. —Estaban progresando—. ¿Eres de por aquí cerca, Delia?

Ella asintió, todavía aparentando cautela.

—Mi pueblo está al este.

—De acuerdo, eso es lo que creía yo. —Arus mantuvo un tono despreocupado a pesar de su creciente deseo. Él no podía distinguir gran cosa de su cuerpo por debajo de su vestido sin forma, pero podía sentir sus suaves y esbeltas curvas, y su mirada seguía desviándose hacia el pulso que latía en la base de su garganta. Ahora que ya no estaban bajo la lluvia, podía percibir su delicado aroma femenino, y se le hacía la boca agua al imaginarse probando su sabor por todas partes. Con un gran esfuerzo, apartó sus pensamientos del sexo—. ¿Qué te hizo salir hoy durante la tormenta? —preguntó, obligándose a continuar con la conversación que parecía calmarla.

—Quería recolectar unos mejillones. —La chica, Delia, se removió en su regazo, y él supo que tenía que estar notando su erección presionando contra su culo. Eso no parecía asustarla tanto como su tecnología, y Arus se dio cuenta de que había hecho lo correcto utilizando su abrazo para calmarla. La mejor manera de demostrar sus intenciones pacíficas era abrazarla y permitir que se acostumbrara a su contacto, para que dejara de temerle.

Así se concentraba en él como hombre, en vez de como en un extraño con poderes mágicos.

—¿Tienes hambre? —preguntó, volviendo a acariciarle el pelo. Incluso húmedo por la lluvia, era abundante y sedoso al tacto—. ¿Es por eso que tuviste que salir con este tiempo?

Ella parpadeó.

—No, yo siempre recojo mejillones por las mañanas. Mi familia necesita la comida extra.

—Comprendo. —Ya se había figurado que ella era

pobre. Hasta para los estándares humanos, sus ropas rudimentarias eran bastante sencillas—. ¿Entonces tu familia te hizo salir con este tiempo?

—No, mi hermana me advirtió que no lo hiciera, pero pensé que la tormenta no iba a ser tan fuerte.

Por supuesto. Arus había olvidado que su gente no tenía forma de seguir la tormenta y medir su fuerza. Lo único que tenían a su alcance era la climatología de cada momento y cualquiera que fuese la experiencia que sus ancianos habían acumulado durante su breve existencia.

—Bueno, ahora estás a salvo —le dijo a la chica, cuyo temblor finalmente se estaba calmando. Fuera, la tormenta continuaba, pero dentro de su refugio, la temperatura era confortablemente cálida—. Nada puede hacerte daño aquí.

Ella levantó la vista hacia la burbuja transparente sobre sus cabezas, y él se dio cuenta de lo extrañas que debían de parecerle las paredes de campos de fuerza. Cuando ella se encontró con su mirada otra vez, él no se sorprendió lo más mínimo al escucharla preguntar:

—¿Qué eres? ¿De dónde vienes, si no es del Monte Olimpo?

—Vengo de otro mundo, de un planeta similar a este —dijo Arus, aunque sabía que la joven no lo entendería—. Está muy lejos de aquí.

—¿Otro mundo? —Él sintió que un escalofrío la atravesaba—. ¿Como el Hades?

—No, no como el Hades. —Arus le acarició la

espalda con un movimiento tranquilizador—. Donde yo vivo es todo muy hermoso. Muy verde y luminoso.

Ella le dirigió una mirada perpleja.

—Entonces, ¿por qué estás aquí?

—Porque quería ver tu planeta —dijo Arus, observando sus labios. Por alguna razón, esa boca imperfecta y delicada de ella seguía atrayendo su atención—. Tu gente me fascina.

—¿En serio? —Ella sacó la lengua para humedecerse los labios, con un gesto inconscientemente seductor, y Arus notó cómo eso aumentaba su deseo. Su cuerpo ahora estaba relajado y flexible en sus brazos, y había más curiosidad que miedo en la mirada de sus ojos castaños.

Curiosidad y un destello de deseo femenino.

La comprensión de que ella lo deseaba, y el embriagador aroma de su creciente excitación, hicieron que su ingle se tensara. El aire cálido dentro de su refugio se tornó repentinamente incendiario, y se le erizó la piel cuando ella cambió la forma de apoyar las manos sobre su pecho, con las palmas extendidas pero sin intentar en modo alguno apartarle.

Ella se lamió los labios de nuevo, sus ojos se oscurecieron, y Arus ya no pudo controlarse.

Deslizó su mano en su cabello, bajó la cabeza y se adueñó de esa tentadora boca con un beso.

CAPÍTULO CINCO

Atrapada en el poderoso abrazo del dios, Delia sintió que había sido arrastrada por la tormenta. La primera vez que Arus la había cogido en sus brazos, ella había estado demasiado asustada para fijarse en su cuerpo desnudo, pero cuando el miedo empezó a desvanecerse, el ansia desconocida de entre sus muslos había regresado... y junto con ella, la intensa conciencia de lo atractivo que él era como hombre.

Un hombre que la deseaba, a juzgar por la enorme erección que presionaba contra su trasero.

Delia era virgen, pero no ignoraba la mecánica del sexo. Ella había visto a muchos animales aparearse, y su madre le había contado que era lo mismo para los humanos. Delia también sabía que no debía hacerlo con nadie más que con su marido. Era una regla que siempre había intentado seguir... pero ahora parecía que su esposo probablemente iba a ser Phanias. Ni siquiera podía imaginarse besando al viejo herrero, y la idea de que este exótico y poderoso desconocido le robara la virginidad era mucho más que atractiva.

Tan atractiva, de hecho, que cuando Arus bajó la cabeza para besarla, ella aparcó su miedo y simplemente se dejó llevar por las sensaciones.

Los labios que se posaron en los suyos eran sorprendentemente suaves, y su aliento era cálido y vagamente dulce, como si acabara de comerse una fruta hacía poco. Él palpó la comisura de sus labios con la lengua, y ella los abrió instintivamente. Él se aprovechó de inmediato y su lengua se deslizó en su boca mientras la mano que la cogía por el pelo se tensaba, y el ansia en su interior se intensificó, transformándose en una peculiar tensión palpitante. Notaba los pechos hinchados y sensibles, sus pezones tiesos como si los hubieran frotado, y un calor líquido que se acumulaba entre sus muslos mientras él profundizaba el beso, casi devorándola con la lengua.

Sabía dulce y ligeramente salado, como si en sus labios se hubiera quedado un vestigio del agua del mar. Delia dejó caer la cabeza hacia atrás, cediendo a la presión de su boca; gimió, y sus manos se deslizaron hacia arriba para agarrarse a sus fuertes hombros. El calor de su interior creció cuando él se movió debajo de ella y apretó con más fuerza los brazos que rodeaban su cuerpo. Su erección era como una barra de hierro debajo de su trasero, y saber que la deseaba tanto la emocionaba y aterrorizaba a la vez.

Ella había escuchado que la primera vez siempre

dolía, y tenía demasiadas ganas de experimentar ese dolor.

Aun así, ni esa preocupación era suficiente para enfriar el fuego bajo su piel. Todo dentro de ella ansiaba las caricias de Arus. Su necesidad de él la consumía, haciéndola sentirse como una extraña en su propio cuerpo. Por primera vez, Delia comprendió por qué Helena de Troya lo arriesgó todo por Paris.

Si esto era la pasión, no era de extrañar que se libraran guerras por su causa.

Antes de que Delia tuviera la oportunidad de redundar en eso, Arus la bajó al suelo, tumbándola estirada sobre la hierba aún húmeda. Ella se las arregló para soltarse de su boca el tiempo suficiente para coger el aliento que tanto necesitaba, y luego él ya estaba encima de ella, y su gran cuerpo le bloqueaba la visión de la tormenta que se desataba en el exterior. Ella todavía no entendía cómo una pared transparente podía protegerlos de la lluvia y los rayos, pero cuando él volvió a besarla, perdió toda inclinación a preocuparse.

Cualquier poder mágico que el dios poseyera palidecía en comparación con el deseo que evocaba en ella.

Sus manos ahora viajaban por su cuerpo, grandes, fuertes y decididas. En sus caricias había habilidad y experiencia. No le agarró los pechos como el chico que la había besado cuando tenía dieciséis años; Arus amasó sus pequeños montículos a través de su vestido moviendo el pulgar hacia adelante y hacia atrás sobre sus pezones erectos mientras se sostenía sobre sus codos. Al mismo tiempo, su rodilla le separó las piernas, encajándose entre ellas, y ella notó cómo su muslo se apretaba contra su sexo, presionando un punto que la hizo sentirse caliente y mareada. El ansia que latía dentro de ella se intensificó, y ella jadeó dentro de su boca, con las manos aferradas a sus costados, mientras la tensión de su interior se enroscaba en una espiral más y más cerrada.

—Sí, eso es —susurró él, desplazando sus labios hasta la oreja de Delia—. Córrete para mí, querida.

Su muslo se movía rítmicamente entre sus piernas, frotándose contra su sexo a través del material áspero de su vestido, y la tensión dentro de ella empeoró. Podía sentir el calor de su aliento en su cuello, y los latidos de su corazón le tronaban en los oídos a la vez que se le nublaba la vista, mientras esa presión palpitante seguía acumulándose en su interior. Sentía como si se estuviera muriendo, como si algo dentro de ella estuviera a punto de estallar. Asustada, gritó el nombre del dios... y luego la explosión la alcanzó.

Cada pizca de presión acumulada pareció liberarse al mismo tiempo, con una intensa onda expansiva de placer que brotó de lo más profundo de ella. Sus músculos internos se contrajeron varias veces, y sus dedos se curvaron. Jadeando, Delia levantó las caderas, buscando más de esas sensaciones, pero el placer ya estaba menguando, dejándola aturdida y sin aliento.

Antes de que pudiera entender lo que había sucedido, Arus se apartó de ella, se puso en pie y la ayudó a levantarse. Ella se quedó ahí, tambaleándose sobre unas piernas inestables, mientras él tiraba de su vestido, lo sacaba por encima de su cabeza y lo arrojaba al suelo, dejándola desnuda, y tremendamente consciente del enorme hombre excitado de pie frente a ella.

—Espera —susurró ella, pero él ya la estaba echando sobre la hierba y cubriéndola con su poderoso cuerpo. Ahora ya no había barreras entre ellos, y el miedo anterior de Delia regresó al sentir la insistente dureza de su erección contra su pierna. Con el corazón latiéndole a máxima velocidad, colocó sus manos entre los dos, empujándole con las palmas contra el pecho.

—No tengas miedo —murmuró él, apoyándose en un codo. Deslizó su mano libre por su cuerpo en una caricia suave, y ella vio que sus ojos eran tan oscuros como un cielo de medianoche, y sus hermosos rasgos conformaban una potente expresión de intensidad—. No voy a hacerte daño —le prometió con voz ronca, abriéndole los muslos con las rodillas.

Delia abrió la boca para decirle que era virgen, pero él ya estaba tocando su sexo y sus dedos encontraron infaliblemente el lugar que tanto la había tensado antes. Ahora estaba todavía más sensible, y ella pudo sentir una extraña y cálida humedad dentro de ella. Avergonzada, trató de apartarse antes de que él pudiera sentir su humedad, pero sus dedos ya estaban allí, separando sus pliegues y empujando dentro de su cuerpo.

Fueron solo las puntas de sus dos dedos, pero Delia

se estremeció, la sensación de estiramiento era desconocida y dolorosa. Al instante, Arus se detuvo, mirándola.

—¿De qué se trata? —Sonaba preocupado.

—Yo... —Delia sintió que su cara se encendía por el rubor—. Nunca lo he hecho.

Él abrió mucho los ojos, y por un breve instante, ella pensó que él iba a soltarla. Sin embargo, un segundo después, su mandíbula se tensó, y ella vio un músculo palpitando cerca de su oreja.

—¿Nunca? —preguntó con voz ronca, y Delia negó con la cabeza, demasiado avergonzada para decirlo de nuevo.

Él la miró fijamente, con una mirada extrañamente intensa, y ella se dio cuenta de que su mano todavía estaba sobre su sexo, con los dedos fijos en la entrada de su cuerpo.

—Así que eres toda mía. —Había una nota oscuramente posesiva en su voz—. Ningún hombre te ha tocado jamás.

Delia se mordió el labio.

—No... —jadeó cuando él empujó un dedo en ella—. No así.

Sus fosas nasales se ensancharon y volvió a besarla de nuevo. Su boca la consumía con un hambre salvaje mientras su dedo se metía más profundamente dentro ella. La sensación era desconocida, pero no dolorosa, y la tensión ya reconocible regresó cuando su pulgar encontró el punto sensible de antes. Estaba tan resbaladiza que facilitaba el movimiento de su dedo, y después de un instante, Delia se olvidó del todo de su incomodidad inicial, y sus caderas empezaron a mecerse al compás de los movimientos de su mano.

Tal vez tuviera suerte, y su primera vez no iba a dolerle en absoluto.

CAPÍTULO SEIS

EL COÑITO DE DELIA ESTABA TAN APRETADO EN TORNO A su dedo que Arus sabía que iba a acabar por hacerle daño. La única forma de evitarlo sería parar y dejarla en paz, pero eso le quedaba más allá del ámbito de lo posible. La lujuria que lo invadía era oscura y visceral, más potente que ninguna otra cosa que hubiera experimentado.

Quería poseer a esta chica humana, hacerla suya de todas las formas posibles.

El deseo primitivo lo aturdió, pero no podía analizarlo en ese momento. Le ardía la piel, y su polla estaba tan dura que le dolía. Necesitaba estar dentro de ella, sentir su carne apretada y húmeda vibrando a su alrededor. Su boca era cálida y dulce cuando él la devoraba con su beso, y el olor de ella lo volvía loco.

Él tenía que follarla. Ahora.

Echando mano de hasta el último ápice de autocontrol que le quedaba, Arus usó el pulgar para llevarla a un nuevo orgasmo, para que ella estuviera lo más húmeda y receptiva posible. Ella gritó, sus músculos internos se contrajeron alrededor de su dedo, y él aprovechó la oportunidad para empujar y meter un segundo dedo en su estrecha vagina, preparándola para su posesión. Ella se puso rígida debajo de él, estremeciéndose a pesar de su humedad, y él supo que no había manera de evitar causarle algo de dolor.

Levantó la cabeza, quitó la mano, cogió su polla y la alineó con la entrada a su coñito.

—Lo siento —susurró, mirando a sus ojos nublados por el placer, y antes de que ella pudiera responder, él comenzó a moverse hacia adentro.

Delia gritó, empujando contra su pecho, pero Arus persistió, sabiendo que tenía que romper su himen. Su humedad interior ayudaba, pero ella todavía estaba increíblemente tensa, y su cuerpo se tensaba aún más para resistir su penetración. Él bajó la cabeza, le cubrió la cara de besos y le susurró que todo iba a ir bien, que el dolor se aliviaría pronto, pero podía ver que su consuelo no estaba sirviendo de nada. Ella dejó escapar un grito de dolor cuando él presionó más profundo, y a pesar de que sus bolas se preparaban para explotar, él se detuvo al sentir la humedad de sus mejillas.

La deseaba, pero odiaba causarle dolor.

—¿Quieres que pare? —se obligó a preguntar, aunque todo en su interior se rebelaba ante esa idea. Su polla estaba solo a medias dentro de ella, y si ya la estaba lastimando tanto...

Delia se quedó inmóvil, mirándolo con unos ojos

29

castaños inundados por las lágrimas, y él vio que estaba respirando erráticamente, con el pecho agitado, mientras sus delicadas manos presionaban contra su pecho, como si tratara de mantenerlo a raya.

—¿Quieres que pare? —repitió Arus, ignorando los latidos de la sangre en sus sienes. A pesar del ansia atávica que le roía las entrañas, él no era ningún salvaje. Llevaba viviendo doscientos años sin haberse follado a esta chica, y podría sobrevivir si ella le hacía esperar.

Al menos, eso quería creer.

Para su tremendo alivio, ella meneó la cabeza con un pequeño y titubeante gesto.

—No —susurró, parpadeando rápidamente—. Solo es que...

Arus no tuvo la oportunidad de escuchar lo que ella tenía que decir porque el último hilo del que pendía su contención se rompió. Inclinándose, devoró sus labios en un profundo beso carnal y avanzó con un movimiento despiadado, atravesando la delgada membrana que bloqueaba su camino.

Un calor húmedo y apretado lo envolvió, su carne lo abrazó como un puño, y la columna de Arus se tensó como la cuerda de un arco cuando un placer agudo y asombroso se disparó a través de él, disparándole el corazón. Ella era algo que iba más allá de lo delicioso, más allá de lo perfecto. Era como si su esbelto cuerpo hubiese sido hecho solo para él. Se sintió perdido dentro de ella, consumido por las sensaciones, pero antes de que pudiera dejarse llevar por completo, notó el sabor de algo salado en sus labios.

Sus lágrimas.

Eso le detuvo en seco.

Arus levantó la cabeza para mirarla y se obligó a quedarse quieto y dejar de empujar. Ella estaba temblando, con el rostro lleno de lágrimas, y él sabía que tenía que darle tiempo para acostumbrarse a él, para adaptarse a la invasión de su cuerpo. Se las arregló para controlarse unos breves instantes, hasta que el aroma metálico de su sangre virginal le alcanzó la nariz.

Un hambre antigua y oscura cobró vida dentro de él, mezclándose con su lujuria e intensificándola. El tirón del instinto depredador era imposible de resistir. Gimiendo, Arus bajó la cara hasta su cuello y sintió su pulso latir bajo sus labios. Delia estaba respirando deprisa, todavía tratando de lidiar con el dolor de su virginidad perdida, pero su cuerpo ya no era lo único que Arus necesitaba.

Abriendo su boca, él hincó los afilados dientes en su tierna piel.

La sangre brotó en su lengua. Caliente, rica y cobriza, era un afrodisíaco mil veces más fuerte que las versiones sintéticas de Krina. La modificación genética había asegurado que su gente ya no dependiera de la sangre para sobrevivir, pero el ansia por el subidón que esta les proporcionaba nunca había desaparecido. Arus pudo escuchar cómo Delia gritaba, sentir sus uñas clavándose en su piel, y fue vagamente consciente de que la sustancia química narcótica de su saliva estaba haciéndole efecto, que ella estaba sintiendo algo del placer alucinante que lo mantenía a él preso entre sus garras.

Ese fue su último pensamiento coherente. Después de eso, todo fue un borrón de éxtasis violento, de su sabor, de su olor, de su tacto. Arus poseyó a la chica sin descanso, sin moderación y ella correspondió a sus empentones salvajes con un ansia equivalente, envolviéndole con sus esbeltos miembros mientras él la follaba durante horas sin fin. La dicha que corría por sus venas le dejaba incapaz de pensar ni razonar; lo único que sabía es que tenía que hacerla suya, una y otra vez.

Cuando finalmente salió de su inerte cuerpo, agotado y saciado, el cielo sobre su refugio estaba oscuro y había despejado. Pudo ver las estrellas, y supo que la tormenta había pasado.

Ya era seguro dejarla marchar, pero él no quería eso.

Arus quería quedarse con Delia para el resto de su vida.

CAPÍTULO SIETE

DELIA SE ESTABA DESPERTANDO POCO A POCO CON LAS imágenes de su sueño flotando en su mente mientras recuperaba despacio la conciencia. Con los ojos aún cerrados, sonrió, pensando que nunca antes había tenido un sueño tan sublime. Incluso ahora, su sexo palpitaba agradablemente por el recuerdo de la posesión del dios, de su poderoso cuerpo clavándose en el suyo mientras ella se perdía en el acalorado éxtasis de su abrazo.

También había habido dolor, recordó, pero eso había pasado rápidamente. Cuando Arus entró en ella por primera vez había sentido como si la partieran por la mitad, pero entonces él había hecho algo, le había tocado el cuello de una forma que al principio le pareció como un pinchazo, y luego el dolor se desvaneció, reemplazado por un éxtasis inimaginable.

Por un placer sexual tan intenso que, solo de pensarlo, hizo que sus entrañas se apretaran.

Sin dejar de sonreír, Delia se dio la vuelta, reacia a despertarse por completo. Era increíble lo vívido que había sido su sueño. La tormenta, el refugio parecido a una burbuja hecho de paredes transparentes, incluso el nombre inusual del dios... nunca había podido recordar tantos detalles de sus otros sueños anteriores.

Este sueño le había parecido real. Tan real, de hecho, que todavía podía oler el aroma masculino de la piel de Arus y sentir su mano acariciándole el cabello.

Un minuto. *Había* una mano acariciando su cabello.

Delia se incorporó como un muelle, abriendo los ojos de golpe, y le vio: el dios con el que había estado soñando.

Excepto que no había sido un sueño: no podría haber sido, porque ella no estaba en la destartalada cabaña de su familia.

Estaba en una cama extraña, en una habitación con paredes de marfil, y estaba desnuda delante de Arus, que se sentaba a su lado vestido con un atuendo blanco de aspecto extraño.

Con una muda exclamación, Delia agarró el trozo más cercano de tela, una sábana de tacto increíblemente suave que enroscó en torno a su cuerpo. Con el corazón acelerado, saltó de la cama y miró con la boca abierta al dios, que la estaba observando con un gesto inescrutable en su hermoso rostro.

—¿Dónde estoy? —La voz de Delia temblaba mientras ella echaba un frenético vistazo por la habitación—. ¿Qué sitio es este?

Todo a su alrededor era de color marfil, y no había ventanas ni puertas. Y la cama... No, seguramente sus ojos la estaban engañando.

La cama, que era solo una tabla blanca plana, estaba flotando en el aire.

—Estas en mi nave —dijo Arus, bajándose de la tabla para acercarse a ella. Sus ojos oscuros brillaron cuando se detuvo frente a ella, haciendo que ella estirara el cuello y levantara la vista hacia él—. Te traje aquí para asegurarme de que no estabas dolorida después de lo de anoche.

Delia debía de tener aspecto de estar tan confundida como se sentía, porque él le explicó:

—Tenemos tecnología de sanación aquí.

—Oh. —Abrumada, Delia lo miró fijamente. Ahora que él lo había dicho, se dio cuenta de que no sentía ni el más mínimo dolor entre sus piernas. Los detalles de la noche anterior continuaron regresando a ella, y recordó lo doloroso que había sido cuando él atravesó su virginidad... y cómo él siguió entrando y saliendo de ella después durante lo que le parecieron horas.

Era evidente que tendría que haber estado *muy* dolorida.

—¿Me has sanado?

—Sí. —Arus levantó la mano y cogió su cara en su enorme palma, acariciando suavemente su mejilla con el pulgar—. No quería que sintieras dolor.

—Oh. —Delia soltó el aire y todo dentro de ella reaccionó a esa caricia cálida y reconfortante. Ella no sabía qué hacer, cómo responder a su peculiar amabilidad, por lo que finalmente solo dijo—: Gracias.

Los labios cincelados de Arus se curvaron en una sonrisa.

—De nada, cariño. Ahora, ¿tienes hambre?

El estómago de Delia eligió ese momento para retumbar, y él se echó a reír.

—Suena a que sí.

———

ÉL LE DIO de comer cosas que le supieron a ambrosía: una mezcla de frutas desconocidas, verduras y frutos secos, con una salsa que hizo que las papilas gustativas de Delia lloraran de gusto. Él sacó la comida directamente de una de las paredes. Se había abierto cuando él lo ordenó, entregándole el botín con el que se estaban dando un banquete sentados a una mesa flotante... que también había salido de una pared.

—¿Qué clase de barco es este? —preguntó Delia cuando estuvo llena. No comprendía la magia de Arus, pero ya no la aterraba tanto como antes. Estaba claro que él no pretendía hacerle ningún daño, y que tenía que venir del Monte Olimpo, a pesar de haberlo negado antes.

—Es un barco que nos transporta entre mundos distantes —dijo Arus, y su respuesta hizo más sólida su convicción—. Las estrellas que ves no son solo pequeñas luces en el cielo; son soles, como el que da calor y luz a la Tierra. Esos soles tienen planetas como la Tierra que orbitan alrededor de ellos, y yo vengo de uno de ellos. —Hizo una pausa, esperando sus preguntas, pero Delia no tenía ni idea de por dónde empezar.

Lo único que entendió de su explicación fue que su barco lo había traído hasta aquí desde las estrellas: lo que significaba que el Monte Olimpo era un lugar en el cielo, en lugar de estar en una legendaria montaña.

Arus suspiró, mirándola.

—No lo entiendes, ¿verdad? —Una sonrisa triste se dibujó en la comisura de su hermosa boca—. Supongo que debería de habérmelo esperado. Desearía poder convencerte de que nada de todo esto es sobrenatural, de que solo somos una civilización más avanzada, pero tendrías que aprender mucho antes de que eso tenga algún sentido para ti. Así que por ahora, si considerar que soy un dios te sirve, hazlo.

Delia sonrió, extrañamente tranquilizada por sus palabras.

—Tú *eres* un dios. ¿Qué otra cosa podrías ser?

—Soy un krinar —dijo él, y ella vio que su rostro adoptaba una expresión más seria—. Delia —dijo con voz queda—, hay algo que me gustaría preguntarte.

Ella parpadeó.

—¿De qué se trata?

—Tengo que irme pronto. Volver a casa, a Krina.

Ella notó una opresión dolorosa en el pecho al oír esas palabras.

—Por supuesto —consiguió decir—. Dijiste que aquello es muy hermoso, y debes regresar.

Arus asintió.

—Sí... y me gustaría que vinieras conmigo. —Antes de que ella pudiera hacer otra cosa aparte de mirarlo boquiabierta, él prosiguió—: Sé que todavía soy un extraño para ti, y que todo lo relacionado con esto... —su mano hizo un gesto abarcando todo lo que les rodeaba—, debe de parecerte extraño y aterrador. Pero te prometo que no te haré daño y te cuidaré. Estarás a salvo conmigo.

Delia no podía creer lo que estaba oyendo.

—¿Quieres que vaya contigo? ¿Al mundo en el que tú vives?

—Sí, a Krina... o al Monte Olimpo, o como quiera que tú lo llames. —Arus se estiró por encima de la mesa para coger su mano—. *Es* un lugar hermoso, y si vienes conmigo, puedo prometerte una vida mucho mejor de lo que puedas imaginar.

Delia tenía que seguir soñando.

—¿Por qué? —dijo con incredulidad—. ¿Por qué me llevarías contigo?

Arus se puso de pie y la levantó junto con él. Su mirada se llenó de calor carnal cuando dio un paso alrededor de la mesa.

—Porque nuestro tiempo juntos no fue suficiente para mí —dijo, acercándola a su cuerpo duro y excitado—. Porque te probé, y quiero más... mucho más. Quiero que seas mía, para poder tenerte todos los días y todas las noches durante mucho, mucho tiempo.

El pulso de Delia era rápido como el de un conejo, y un millón de preguntas llenaron su mente mientras

Arus la miraba, con su erección presionándole contra el vientre. Su contundente declaración distaba mucho de constituir una declaración de amor, y había tantas cosas que ella no sabía sobre él y el mundo al que quería llevarla... Pero él estaba permitiendo que ella eligiera, y ese mero hecho la ayudó a atajar sus temores.

Podía quedarse y vivir una vida ordinaria, probablemente como esposa del herrero, o podía seguir a este guapísimo desconocido a un lugar misterioso en el cielo.

—¿Y qué pasa con mi familia? —preguntó cuando se le ocurrió esa idea—. Necesitan los mejillones, y yo...

—Les entregaré tu peso en oro antes de que nos vayamos —dijo Arus—. Nunca más volverá a faltarles nada.

—Pero...

—Ven conmigo, Delia. —Los ojos de Arus brillaron cuando sus brazos se apretaron alrededor de su espalda—. Tu familia estará bien, te lo prometo. Ven conmigo, y déjame mostrarte las maravillas de mi mundo.

Ella miró sus magníficos rasgos, recordando cómo la había salvado de la tormenta... cómo la había protegido, alimentado, curado y le había proporcionado más placer de lo que jamás hubiese creído posible. Tenía razón: su familia estaría bien sin ella: estarían mejor, de hecho. Incluso sin contar el oro, ella era una boca más que alimentar. Y si Arus realmente les daba tanta riqueza, sus hermanas elegirían a sus pretendientes en lugar de verse obligadas a casarse por desesperación.

Fue ese último pensamiento el que la hizo tomar una decisión en firme. Delia no tenía ni idea de lo que iba a pasarle a ella si se iba con él, de cómo sería su mundo, o de cómo iban a viajar a las estrellas, pero en ese instante, en el abrazo del dios, sabía que quería averiguarlo.

Era algo impensable, una locura, delirantemente aterrador, pero Delia dio un salto hacia lo desconocido y dijo:

—Sí, Arus. Iré contigo.

ANTICIPO

¡Gracias por leer esta historia! Espero que lo hayas disfrutado.

Si deseas leer más cosas de Arus & Delia y saber más sobre los krinar, puedes echarle un vistazo a estas otras historias ambientadas en el universo krinar:

- *La Trilogía de Mia y Korum*: tres novelas completas ambientadas unos años después de la Invasión Krinar.

Si has disfrutado de *Arrastrados por la tormenta*, es posible que también te gusten las siguientes obras del género de romance oscuro contemporáneo de Anna Zaires:

- *La Trilogía de Secuestrada – La historia de Julian & Nora, un romance oscuro*

Si deseas recibir una notificación cuando se publique mi próximo libro, regístrate en mi nueva lista de correo electrónico de lanzamientos en www.annazaires.com.

Y ahora, por favor, vuelve la página para leer un poco de *Contactos Peligrosos.*

EXTRACTO DE CONTACTOS PELIGROSOS

Nota de la autora: *Contactos peligrosos* es el primer volumen de mi trilogía erótica de ciencia ficción, las *Crónicas de Krinar.*

En un futuro cercano, la Tierra está bajo el dominio de los Krinar, una avanzada raza de otra galaxia que es todavía un misterio para nosotros...y estamos completamente a su merced.

Tímida e inocente, Mia Stalis es una estudiante universitaria de la ciudad de Nueva York que hasta ahora había llevado una vida normal. Como la mayoría de la gente, ella nunca había interaccionado con los invasores, hasta que un fatídico día en el parque lo cambia todo. Después de llamar la atención de Korum, ahora debe lidiar con un krinar poderoso y peligrosamente seductor que quiere poseerla y que no se detendrá ante nada para hacerla suya.

¿Hasta dónde llegarías para recuperar tu libertad? ¿Cuánto te sacrificarías para ayudar a los tuyos? ¿Cuál será tu elección cuando empieces a enamorarte de tu enemigo?

———

Respira, Mia, respira. Algo en el fondo de su mente, una pequeña voz racional, repetía sin cesar esas palabras. Esa misma parte extrañamente objetiva de ella notó la simetría de su rostro, la piel dorada que cubría tersamente sus pómulos altos y su firme mandíbula. Las fotos y vídeos de los K que ella había visto no les hacían justicia en absoluto. Vista a unos diez metros de distancia, la criatura era simplemente impresionante.

Mientras seguía mirándolo fijamente, todavía paralizada en el sitio, él dejó de apoyarse y empezó a andar hacia ella. O mejor dicho, a rondar con movimientos acechantes en su dirección, pensó ella estúpidamente, porque cada uno de sus pasos le recordaba a los de un felino selvático aproximándose con andares sinuosos a una gacela. Sus ojos no dejaban de sostenerle la mirada. Según él se iba acercando, ella podía distinguir unas motas amarillas tachonando sus ojos de un dorado claro, y unas tupidas y largas pestañas que los rodeaban.

Ella lo miró entre incrédula y horrorizada cuando

se sentó en su banco, a menos de medio metro de ella, y le sonrió, mostrando unos dientes blancos y perfectos. "No tiene colmillos", advirtió alguna parte de su cerebro que aún funcionaba, "ni rastro de ellos". Ese era otro mito sobre ellos, igual que el que supuestamente odiaran la luz del sol.

—¿Cómo te llamas? —Fue como si la criatura prácticamente hubiese ronroneado la pregunta. Su voz era grave y sosegada, sin ningún acento. Le vibraron ligeramente las fosas nasales, como si estuviera captando su aroma.

—Eh... —Ella tragó saliva con nerviosismo—. M-Mia.

—Mia —repitió él lentamente, como saboreando su nombre—. ¿Mia qué?

—Mia Stalis. —Oh, mierda, ¿para qué querría saber su nombre? ¿Por qué estaba aquí, hablando con ella? En suma: ¿qué estaba haciendo en Central Park, tan lejos de cualquiera de los Centros K? *Respira, Mia, respira.*

—Relájate, Mia Stalis. —Su sonrisa se hizo más amplia, haciendo aparecer un hoyuelo en su mejilla izquierda. ¿Un hoyuelo? ¿Tenían hoyuelos los K?

—¿No te habías topado antes con ninguno de nosotros?

—No, nunca. —Mia soltó aire de golpe, al darse cuenta de que estaba aguantando la respiración. Estaba orgullosa de que su voz no sonara tan temblorosa como ella se sentía. ¿Debería preguntarle? ¿Quería saber? Reunió el valor—: ¿Qué, eh... —y tragó de nuevo — ¿qué quieres de mí?

—Por ahora, conversación. —Parecía como si estuviera a punto de reírse de ella, con esos ojos dorados haciendo arruguitas en las sienes.

De algún modo extraño, eso la enfadó lo suficiente para que su miedo pasara a un segundo plano. Si había algo que Mia odiaba era que se rieran de ella. Siendo bajita y delgada, y con una falta general de habilidades sociales causada por una fase difícil de la adolescencia que contuvo todas las pesadillas posibles para una chica, incluyendo aparatos en los dientes, gafas y un pelo crespo descontrolado, Mia ya había tenido más que suficiente experiencia en ser el blanco de las bromas de los demás.

Levantó la barbilla, desafiante:

—Vale, entonces, ¿Cómo te llamas *tú*?

—Korum.

—¿Solo Korum?

—No tenemos apellidos, al menos no tal como vosotros los tenéis. Mi nombre es mucho más largo, pero no serías capaz de pronunciarlo si te lo dijera.

Vale, eso era interesante. Ahora recordaba haber leído algo así en el *New York Times*. Por ahora, todo iba bien. Ya casi habían dejado de temblarle las piernas, y su respiración estaba volviendo a la normalidad. Quizás, solo quizás, saldría de esta con vida. Eso de darle conversación parecía bastante seguro, aunque la manera en la que él seguía mirándola fijamente con esos ojos que no parpadeaban era inquietante. Decidió hacer que siguiera hablando.

—¿Qué haces aquí, Korum?

—Te lo acabo de decir: mantener una conversación contigo, Mia. —En su voz se percibía de nuevo un toque de hilaridad.

Frustrada, Mia resopló.

—Quiero decir, ¿qué estás haciendo aquí, en Central Park? ¿Y en Nueva York en general?

Él sonrió de nuevo, inclinando ligeramente la cabeza hacia un lado.

—Quizá tuviera la esperanza de encontrarme con una bonita joven de pelo rizado.

Vale, ya era suficiente. Estaba claro, él estaba jugando con ella. Ahora que podía volver a pensar un poquito, se dio cuenta de que estaban en medio de Central Park, a plena vista de más o menos un millón de espectadores. Miró con disimulo a su alrededor para confirmarlo. Sí, efectivamente, aunque la gente se apartara de forma evidente del banco y de su ocupante de otro planeta, había algunos valientes mirándoles desde un poco más arriba del sendero. Un par de ellos incluso estaban filmándoles con las cámaras de sus relojes de pulsera. Si el K intentara hacerle algo, estaría colgado en YouTube en un abrir y cerrar de ojos, y seguro que él lo sabía. Por supuesto, eso podía o no importarle.

Pero teniendo en cuenta que nunca había visto videos de ningún K abusando de estudiantes universitarias en medio de Central Park, Mia se creyó relativamente a salvo, alcanzó cautelosa su portátil y lo levantó para volver a ponerlo en la mochila.

—Déjame ayudarte con eso, Mia.

Y antes de que pudiera mover un pelo, sintió como le quitaba el pesado portátil de unos dedos que repentinamente parecían sin fuerza, y como al hacerlo rozaba suavemente sus nudillos. Cuando se tocaron, una sensación parecida a una débil descarga eléctrica atravesó a Mia y dejó un hormigueo residual en sus terminaciones nerviosas.

Él alcanzó su mochila y guardó cuidadosamente el portátil con un movimiento suave y sinuoso.

—Ya está, todo listo.

Oh Dios, la había tocado. Tal vez su teoría sobre la seguridad de las ubicaciones públicas fuera falsa. Sintió como su respiración volvía a acelerarse, y cómo su ritmo cardíaco alcanzaba probablemente su umbral anaeróbico.

—Ahora tengo que irme... ¡Adiós!

Después no pudo explicarse como había conseguido soltar esas palabras sin hiperventilar. Agarrando la correa de la mochila que él acababa de soltar, se puso de pie de golpe, notando en lo profundo de su mente que su parálisis anterior parecía haberse desvanecido.

—Adiós, Mia. Nos vemos. —Su voz ligeramente burlona atravesó el limpio aire primaveral hasta ella mientras se marchaba casi a la carrera en sus prisas por alejarse de allí.

———

¡Pide tu ejemplar de *Contactos Peligrosos* hoy mismo!
www.annazaires.com/book/contactos-peligrosos/

SOBRE LA AUTORA

Anna Zaires es una autora de novelas eróticas contemporáneas y de romance fantástico, cuyos libros han sido éxitos de ventas en el New York Times y el USA Today, y han llegado al primer puesto en las listas internacionales. Se enamoró de los libros a los cinco años, cuando su abuela la enseñó a leer. Poco después escribiría su primera historia. Desde entonces, vive parcialmente en un mundo de fantasía donde los únicos límites son los de su imaginación. Actualmente vive en Florida y está felizmente casada con Dima Zales —escritor de novelas fantásticas y de ciencia ficción—, con quien trabaja estrechamente en todas sus novelas.

Si quieres saber más, pásate por www.annazaires.com/book-series/espanol.

www.ingramcontent.com/pod-product-compliance
Lightning Source LLC
Chambersburg PA
CBHW070915100726
47907CB00008B/2328

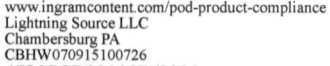